Chevalier Ardent

INTÉGRALE 3

François Craenhals

casterman

©BELGIUM POST
Chevalier Ardent Timbre-poste, mai 2003

www.casterman.com

Le Trésor du mage
© : 1975
ISBN : 2-203-31707-8

La Dame des sables
© : 1976
ISBN : 2-203-31708-8

L'Ogre de Worm
© : 1977
ISBN : 2-203-31709-4

© Casterman, 2003
Dépôt légal : mai 2003 ; D.2003/0053/220
ISBN 2-203-30242-9

Droits de traduction et de reproduction réservés pour tous pays.
Toute reproduction, même partielle, de cet ouvrage est interdite.
Une copie ou reproduction par quelque procédé que ce soit, photographie,
microfilm, bande magnétique, disque ou autre, constitue une contrefaçon passible
des peines prévues par la loi du 11 mars 1957 sur la protection des droits d'auteur.

Déposé au ministère de la Justice, Paris
(loi n° 49.956 du 16 juillet 1949 sur les publications destinées à la jeunesse)

Imprimé en France par PPO Graphic, Pantin.

La saga du Chevalier Ardent

Une mystérieuse procession de moines. Des brigands. Ardent, à peine revenu du pays des Magyars en son fief de Rougecogne, va repartir : l'itinérance, ce ressort toujours tendu de l'aventure…

C'est un père abbé rayonnant, d'une foi ardente, qui conte à notre chevalier les événements de Palestine. Nous apprenons ainsi que nous nous trouvons peu après 1054 (schisme d'Orient). Pour la première fois, François Craenhals place son héros dans un contexte historique et politique précis. Ardent, avant Godefroid de Bouillon, mais il n'est pas le seul, va entamer son pèlerinage vers les lieux saints. Et cette pérégrination sera armée. C'est d'ailleurs ainsi que l'on désignait au Moyen Âge ce qui, bien plus tard, allait être nommé croisade.

Le prétexte ? Convoyer un trésor destiné à payer la rançon des chrétiens de Jérusalem soumis à l'arbitraire des Fatimides (une dynastie arabe qui se maintint de 909 à 1171). Mais il est aussi question, plus prosaïquement, de l'achat de

certains parchemins sur lesquels est couchée la pensée de philosophes grecs. La chrétienté d'Occident réalise en effet que c'est au contact de l'Orient, par le biais des Arabes, qu'elle pourra renouer le lien effiloché de sa filiation antique. Et le père abbé n'a nul mal à convaincre Ardent : celui-ci le supplie de lui confier cette mission. La case six de la septième planche du *Trésor du mage* illustre bien cette communion du spirituel et du temporel : le méditatif et le fonceur, tous deux vus en contre-plongée, de part et d'autre d'un autel surmonté de la croix. Les corps sont inclinés, semblant près de se réunir par le chef, l'image d'une ogive, comme aspirés par la voûte céleste.

Les buts de la croisade d'Ardent étant établis, reste la question des moyens. En l'occurrence, le principal sera Guirre Au Long Nez. Celui-ci, ruffian notoire, est habile à toutes les ruses, amoureux des dés pipés et, surtout, il a le nez creux pour s'acoquiner les personnages qui, comme lui, naviguent en eau trouble. Curieux paradoxe que cette alliance entre la fougue, la pureté et la roublardise. Les antagonismes finiront par se compléter. Sans parler d'amitié, une estime réciproque naîtra entre les contraires. Ne serait-ce pas qu'Ardent poursuit son apprentissage de la vie ? Se compromettre, composer, ruser…

Il n'est pas de héros sans adversaire, pas de mission allant de soi, pas d'effort gratuit. Le Prince Noir (un personnage déjà rencontré) s'évertuant à mettre la main sur le trésor, suscitera pour Ardent la femme tentatrice qui sera au rendez-vous de Byzance, cette métropole qui nous est présentée telle que Geoffroy de

Villehardouin nous l'a décrite dans sa *Conquête de Constantinople*, à l'occasion de la quatrième croisade. Les Francs (ébahis par tant de munificence qu'ils finiront par s'en emparer au détriment de la poursuite de leur pèlerinage) se comportant comme des petits garçons lorgnant la vitrine d'un magasin de jouets. Et Ardent, s'il ne connaît pas la peur, n'est pas un chevalier sans reproche : pour le troubler, il suffit d'un *Profumo di donna*, pour reprendre le titre d'un film qui a fait date. Cela se confirme lorsque, après avoir déjoué les pièges du Prince Noir à Byzance, sa petite troupe se retrouve harcelée dans le désert par un ennemi dont le nom seul fait frémir les autochtones : Nasr-El-Djin.

Et pourtant, voici que le minéral s'incarne, que la rose des sables se mue en femme : Aïcha. Pour elle, Ardent faillira, par elle il pourra cependant aboutir au terme de son périple. Mais l'errance s'achève-t-elle jamais ? Qu'y a-t-il de définitivement acquis sur cette terre ?  C'est le cœur lourd que notre chevalier retrouve son fief : les fruits, en cette saison, sont bien amers. Que signifient ces dépradations ? Comment a donc été labourée la terre de Rougecogne ? Un ogre, personnage gigantesque, est en train de planter sa griffe dans la contrée.

Cette fois-ci, le déclencheur de l'aventure n'est plus l'appel du loing, mais simplement un bout de parchemin sur lequel une pauvresse à l'agonie a griffonné une sorte de rébus. Et si Thierry-le-Bossu, ex-détenteur du fief dont l'ogre a pris possession, avait une descendance ? C'est la question que ne s'est pas posée Artus,  lorsqu'il a cédé ce fief à l'ogre moyennant une forte somme. Car la *realpolitik* semble prédominer, elle qui, pour de vraies ou fausses raisons d'efficacité et de rentabilité, permet tous les excès. C'est exactement ce que plaidera Gwendoline, mue par tout son amour, lorsqu'elle affrontera son père.

C'est aussi, de manière plus immédiate, le principe que va combattre Ardent, à la Robin des Bois, aidé en cela par la veuve et les fils du fauconnier de Thierry-le-Bossu. Car ce dernier a bien un héritier : Jehan est différent, c'est un sauvageon qui a pour seul compagnon un aigle, que lui a jadis donné le fauconnier, et qui vole son feu à la famille de son bienfaiteur. Ardent le découvre, l'apprivoise, parvient à se faire accepter comme son allié. C'est l'enfant sauvage, tel que nous l'a montré François Truffaut dans son film éponyme : une glaise qui ne demande qu'à être façonnée.

Artus ne s'y trompera pas, une fois l'ogre vaincu (grâce à l'intervention de sa fille), lorsqu'il sentira le poids du rapace royal posé sur son épaule, il admettra à demi mots, subjugué par un sentiment jusqu'alors inconnu de lui, sa bévue. Aux féaux hilares devant la maladresse de l'enfant lors de la cérémonie de l'hommage, le Roi tonnera : «Il est mon vassal ! Il est votre égal !...» En contrepoint, deux mains s'étreignent, celles de Gwendoline et d'Ardent. L'aigle plane au-dessus des vicissitudes humaines.

«...Votre égal !...» À méditer.

Gaëtan Gellens

Le Trésor du Mage

Le chariot, les chevaux et les hommes viennent percuter l'eau avec fracas, au milieu d'un jaillissement d'écume.

Cela va être la curée, compères! Faites-leur payer le prix fort pour venger ceux qu'ils ont occis.

Longtemps encore les boucliers résonnent, les lames s'entrechoquent, les poitrines sifflent et les cris de douleur répondent aux râles angoissés.

Huon, de loin, voit ses hommes s'effondrer les uns après les autres...

Et la rage au coeur, il fuit une fois de plus...

Alors les derniers combattants tournent bride à leur tour, et abandonnent la place...

Nos vaillants amis, à bout de souffle, à bout de forces, se laissent tomber sur place...

Mais un glissement furtif tient Ardent en éveil... Faudra-t-il encore combattre ?

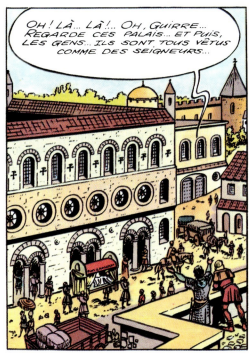

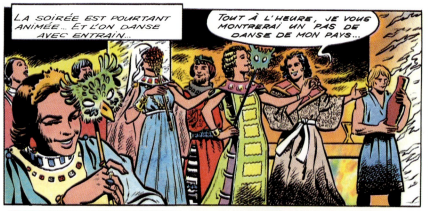

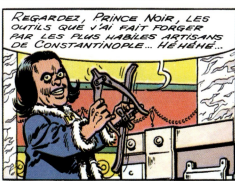

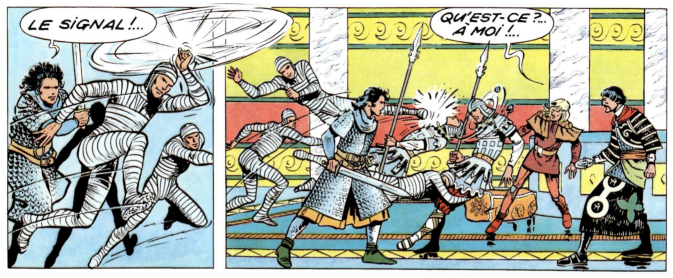

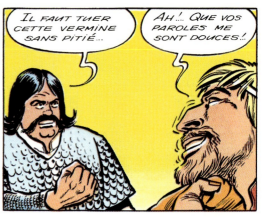

(1) Sorte de 1er ministre. (2) Chef militaire. (3) Chef de la police du palais.

57

La Dame des sables

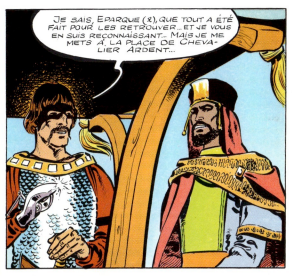

(1) Démons, lutins, esprits malfaisants.

(1) AGENOUILLER.

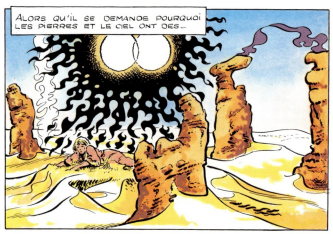

QUELQUES INSTANTS SUFFISENT POUR ARRIVER AU RÉSULTAT ESCOMPTÉ PAR AROENT: TENIR LES PILLARDS EN RESPECT...

RETOUR AU CAMP!... AUSSI VITE!

MAINTENANT! LES ARCHERS À GAUCHE... ET NOUS... D'UN MÊME MOUVEMENT, **TOUS À DROITE!**...

ET LES HOMMES D'ÉPÉE OPÈRENT LA MÊME MANŒUVRE SUR L'AILE DROITE.

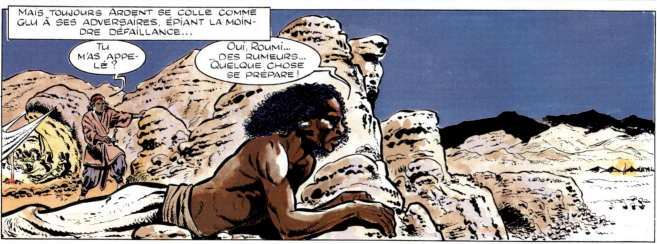

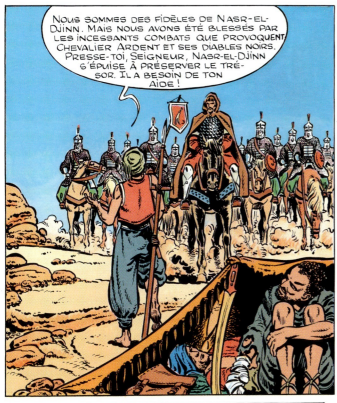

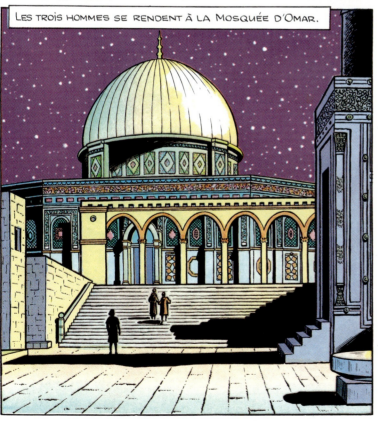

L'Ogre de Worm

Plutôt que de s'éloigner, il longe la passerelle jusqu'à plus de souffle...

Lorsque le troisième cavalier arrive à sa hauteur, Ardent pique le cheval qui se cabre, et...

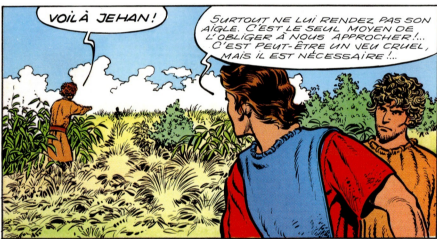

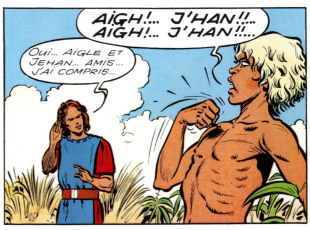

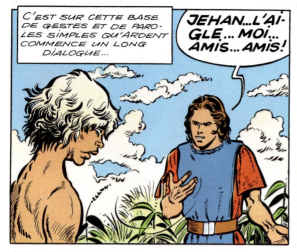

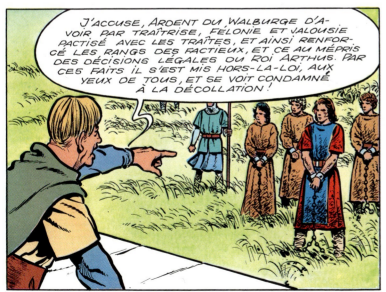

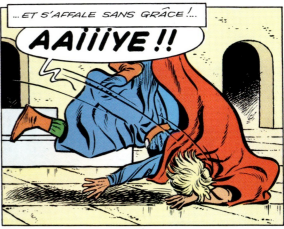